詩集　死者に接吻

佐藤　武

目次

画

画は生きる道筋を与えてくれた
一筆
一筆
描きこむことは
果てしない時間と云った
空間の中を彷徨い
未知の死の領域を
見つめようとする作業でもある

闇の幽光

私は長い間
画と云ったものをえがき続けてきた
然しいかほどえがき続けても
道程の終着の停車場が観えてこない

闇の岸辺を蹌踉と歩いているようだ
それは未知の死の岸辺を彷徨し
幽光を見つけ出そうとしているのかも知れない

闇の岸辺を蹌踉と歩く
私がいる

私の足音が
秒針の音のように
幽かに聴こえてくる
その足音は
闇の深潭へと消えて逝く

闇の淵で
一筆〳〵えがくことは
私にとって決して楽しいことではない
不快と云った訳でもないが
ただ生きているが故に
えがかなければならない
息苦しい
叫びでもあるようだ

漆黒の翳

末枯れの草木は寂しく
おのれの貌は
もっと寂しく
銀色の髪は揺れる
肉体は萎み
寂しきその姿
谷間のような深き皺
寂しいぞ
寂しいぞ
　やがて
煙《けぶり》となし
果てない宙を彷徨する

その空しさいかに
死ぬものか
死ぬものか
　と
絵筆をとり描き込むが
筆先から
漆黒の翳が現れる
消せども
消せども
漆黒の翳が現れる

空虚な日々

凍り付くような冷気が漂う朝である
吐く息が蜃気楼のように白く揺れる
窓の外は雪が涔涔と降り続いている
硝子窓を叩く雪の旋律が
心の空洞を冷たく通り過ぎて逝く

悲しいわけでもない
寂しいわけでもない
空気が幽かに揺れ
幽かな呼吸の音が
息苦しく感じるのである
空虚な朝を迎え

長い一日を冷気の中で過ごすのだ
明日も変わることはない

春になっても空虚を抱き
鳥の囀りを聴き
蒼空のなか流動する雲を眺め
なにを想うわけでもなく
ただ月日の刻む幽かな風の音を聴き
酒を呑み
布団に潜り込み
眼を閉じ
刻みゆく音を聴き
眠れぬ闇夜を悶悶と彷徨い歩く
黎明に
重い瞼を開け
今日もなにげなく

窓の向こうの景色を眺めている

私は
叢の蟲のように
背中をこすり
悲しい曲など弾けない
私は
雪のように白く
寂しく
宙を舞うこともできない
私は
雨のように窗硝子を叩き
寂しく
泪をながすこともできない

ただ過行く刻を眺め

酒を呑み布団に潜り込み
眼を閉じ
刻みゆく音を聴き
眠れぬ闇夜を悶悶と彷徨い
重い黎明を迎えるのである

画室の白い画布は
いつまでも白いままである
白い画布の眼差しは
怨嗟《えんさ》を抱いているような眼差しだ
いまの私は
空気のように生きている

苦悶な日々

白い画布は私を凝視している
窓辺から入る陽射は
イーゼルに架かる白い画布を
よりいっそう白く反照させ
私の衷心を掻き立てるが
創造の源であるイメージが湧いてこない
幾日も
幾日も
白い画布は孤獨な眼差しで私を凝視している
窓の外は雪が降り始めてきた
ストーブの赤い炎を観
いかほどの酒を呑みほせども

イメージは湧いてこない
きっとこのまま春を迎えてしまうのか
白い画布が此方を見つめ
にやりと笑う

画を描く

孤獨な時間のために画を描く
聴こえてくる闇の音が
筆を奔らす
ほんの少しの欲望と快楽が
白い画布の空間を横切る
今日も命を
弄び画を描く
尽きることのない時間の果てに
終焉の澱みがある

今日も命を弄び
筆を奔らす

今日も命を弄び
酒を呑む
孤獨と欲望を弄び
眠りにつく
目覚めれば
命を弄び
画を描いている

酔人のように

末枯れの径を歩けば
枯れゆく物たちの
寂しき身なり
生成と
消滅は
宇宙の摂理

亡くなることなど
誰が痛ましく想うぞ
いっそうのこと
酔いつぶれて
死にましょうかと

呑めども
呑めども
死にませぬ

花が萎むように
ひっそりと
萎みたいのです

酔い人のように
蹌踉と
末枯れの径を歩けば
悲しき蟲の啼き聲
冷たき風に誘われ
おまえは
何処に向う

淡　雪

絵画は常に衷心に宿す
絵画は夢にまで現れては消えて逝く
高まる精神の苦悩を糧に
描く喜びが生まれてくる
他者の画どうであれ
他者がどう見ようと
私にとってはあまり興味がないことだ
白き画布に
一筆〳〵描き込むことは
淡雪の上に痕跡を残すようなものだが
それは
生きている証のようでもある

澱み

朝目覚め
飯を喰い
画を描く
昼飯を喰い
亦
画を描く
夜は酒を呑み
欲望と孤獨を弄び
眠りにつく

もうこんなことを何十年も繰り返している

人間と自然の関係の中には
死と云った絶対的な存在がある

温かい太陽の陽射を浴びれば
もっと生きたいと想う
橋の上から溝川を見れば
川底の澱みに音のない
闇の停車場があることに気が付く

ほんの少しの
生への欲望
ほんの少しの快楽
寂しさと孤獨のために
繰り返し〳〵
画を描いている

筆

筆を奔らせれば
画が生まれてくる
画が生まれれば
翳が生まれる
翳を
追いかければ
暗晦《あんかい》の夜が訪れる
暗晦の夜を追いかければ
死が待っている

無表情の画布

深き雪をふみしめ小徑を歩けば
雪闇に霞む灯のぬくもり
きっと一つ〳〵に団欒があり
家族のぬくもりがあるのだ
一人家路につけども
迎え人あらず
凛凛とした室内
イーゼルにかかる白き画布
何と無口で
無表情な画布なのか

湧き出る酒

絵筆を走らせれば
赤い血が湧き出る
血を拭き取れば
白い絵具が唄い始める
ル　ル　ルール　ルル

絵筆を走らせれば
酒が湧き出る
酒を飲めば
天空を彷徨することが出来る
絵筆を走らせれば

風が吹く
風を水で拭き取ると
白い綿雲が湧き出る

私は今日も白昼夢の中
酒を飲んでいる
私の絵筆が
威圧感の中に埋もれてゆく

われ叢の蟲ごとき身なり

生きよう
生きようと
地球にしがみつき
無我夢中で吾が途を歩けば
家族を失い
多くの友人を失い
周りの人々が次々と死に逝く
私はこの地球にしがみつき生きている
私の真なる心の内は
幽かな物音に怯え
星のない闇夜に怯え
うち返す波音の旋律に

儚き吾が身を夢想し
咽び啼く
陽が照れば
叢の翳に忍び
生きよう
生きようと
叢を這う蟲ごとき身なり

われ叢にて

天空を舞う鳥を見つめども
われ叢にて
蟲ごとき身なり
地を這いずり廻り
辿り着きところ
沼地の岸辺にて
死する

この地に生まれしも一人
また死するのも一人
死に逝く者
いま何を語らんとする

われ叢にて
蟲ごとき身なり
地を這いずり廻り
辿り着きところ
沼地の岸辺にて
死する

死者は軋み合う

老いてもまだ
この地球にしがみついている
あちらの方
こちらの方
と
地球からふりおとされて逝く
満月は
半月となり
三日月となり
まるで曲芸師のように
この地球を廻り続けている
死者の霊魂《たましい》は軋み合い

この地球を廻り続けている
やがてふりおとされ
億光年の闇の淵にむかい
消えて逝く

通　夜

川筋で啼く蟲の啜り啼き
潺潺と流れる川の音色
叢を揺らす宵の風
蒼白く浮かぶ月
物寂しき森の陰翳

ときおり幽かに聴こえる
木魚の音
月は歪み
小粒の雨をながす
遠吠えが流れ
木魚が響く

河辺に蛍が舞う
長閑な宵に
木魚が響く

冬　に

生きよう
生きよう
と
想い見つめれば
死に逝く者の
眼差しを観る
寒空に
雲煙《くもけぶり》になし
生暖かき骨壺を抱きしめ
家路に向かう
凛凛と流れる小川
灰色の冬の宙

裸になった樹木の陰翳
涔涔と降る雪に
冷たき
泪が流れゆく

不思議な夜のことば

不思議な夜だ
宙に星がない
価値を失った
宙は
深い闇が永遠に続く

不思議な夜だ
墓所の墓石が逆さまになり
霊魂《たましい》がふわふわと浮いている
闇夜に梢から蜘蛛が
墓石に
風もないのに

お尻から糸を垂らし墓石に
蜘蛛の巣を作っている
死者の魂を糸に絡ませ
魂を食べるそうだ
「なぜ」
と聞くと
人間のようになるのだと
云ったそうだ

不思議な夜だ
孤独が砂の数ほど
浜辺に投げ出されていた
一つ一つの孤独は
哀しみに溢れ
うち返す波の中に
消えていった

不思議な夜だ
暗晦に君は亡霊のように現れ
私の頬に紅色の口あとを残し
星のない暗晦の宙に
さようなら
さようなら
と
囁き消えていった

霊柩車

この途は火葬場に向かう途
しとしと降る氷雨のなか
通り過ぎる霊柩車
どこのどなたの柩か
天空を仰げば愁雲が澱む
鳥すら啼かぬ氷雨日
今日も霊柩車は通り過ぎてゆく
誰しも途なかばで
生を終えて逝く

柩

祭壇に花咲き乱れる
まるで花の園
蝋燭の焔が怪しげに揺れている

薄紅を付け
眼を閉じ
永遠の眠りの中にいる
その貌はまだ生き人のようだ

やがて炎の中で
死者となり
煙となり

雲となり
雨となり
この大地にふりそそぐ

朝方に一人生まれ
朝方に一人死に逝く

河辺に咲く野花の美しさ
小川の潺
野鳥の囀りの長閑さ

蒼空の中
今日も霊柩車は通り過ぎる
窗辺から聴こえてくる
赤子の啼き声

ああ――その長閑なこと
骨壺抱きしめ家路にむかう
家族の悲歎な姿

死に逝くもの
生れてくもの

窗

沈み逝く太陽は
実に寂しい
余燼の宙は
もっと寂しい
窗硝子に映る私は
もっと寂しい
窗辺の蜘蛛は
糸で蝶を巻付け
夕食をしている
窗辺はいつも寂しい

慟哭

砂浜に立つ一人の少女
赤い海原を見つめている
魚を失った海
価値を失った海原を見つめ
哭いていた

夜の丘の上に立つ一人の少女
黒闇の宙を見つめていた
星は地上に降り落ち
土中に消えた
価値を失った宇宙を見つめ
哭いていた

枯れた大地に立つ一人の少女
朽ち果てた家並み
緑を捨てた地球
価値を失った大地を見つめ
哭いていた

汀に佇む一人の少女
隻影は幽かに揺れ
海原の深潭に消え逝く
見失った自分を見つめ
哭いていた

星が消えた日

星は地上にずり落ち
地中に潜り込んでしまった
星を失った宇宙は
希望と欲望を失った黒闇の世界

不安も
孤獨も
息苦しい人間としての叫びも
ぼくは
地中に捨ててしまった

ぼくは描写するすべてのものを失った

黒闇を
死にむかって歩いている
ぼくを
見つめていた

神

霏霏《ひひ》と降る雨のように
死は死として
天空より降り落ちてくる
人間達は
暗闇の土の中へと吸い込まれて逝く

人間らしく生きれ
と
云った者がいた
人間らしく生きていたら
人間に殺されたそうだ

目の珠が飛び散り
足が
月まで飛んで行ったそうである
私は訊ねた
「君はなぜそんな残忍ことをするのだ」
と
彼は云った
「神が殺せ」
と
云ったそうだ

神とはいったい何者だ

この地球は人間の死骸で
傾きかけている
　ほら

建物も
電信柱も
人間も傾いている
鳥だって傾き
斜めに飛んでいるではないか
太陽だって
傾き朧だ

闇夜の蛾

真夏の闇夜に
窗辺に蛾が舞う
絡み合うたびに
怪しげな
鱗粉を放す
せつなき夜に
絡み合う
二羽の蛾
ときおり激しく
うちつける雨
鱗粉ははげ落ち
地面になげだされた

二羽の蛾
黎明に
窓下でおりかさなり
死に絶えていた

死者に接吻

甘い香りが漂う
それは薔薇の花…
絡みあう唾液が
脳髄の臭覚と味覚を狂わす

それは
遠い過去の臭覚と味覚
脳髄に幽かに残る記憶

そうっと
触れた手の温もり

そうっと
触れた唇
そうっと
触れた胸の温もり
そうっと
生暖かい骨壺を抱きしめ
そうっと
黄泉に見送った
…
遠い過去
まだ私の脳髄の淵に
銀紙に
包まれ残っている

つぶやき

私たちは天空を仰ぎ
口を大きく開け綿のような雪を食べた
喉元で一瞬に融けてゆく
ほんの少し甘く透明で無垢な天空の味だった
その夜
君は硝子窗に唇をつけつぶやいていた
「花の香りね」
と
窗越しにふりつむ雪を観て
「あと幾日」
と
つぶやき冷たい窗硝子に

唇の跡をのこし眠りについた

眠りについても
君は幽かな声で何度も
「花の香りね、あと幾日」
と
つぶやいていた

夜が仄白にあけるころ
冷たい唇が
私の頬に寄っていた
呼吸はなく
幽かな温もりが布団に残っていた

鈴蟲

天空へと
煙《けむ》は流れ
叢に
一つ
きみの霊魂《たましい》あり
夜に奏でる
鈴蟲
一匹

孤　月

夕闇に
蒼白き孤月
抱きしめれば
秋の帳に
忘れ雲一つ

森の片影

星のない夜の森
闇夜にすすり啼く蟲
蟲の夜想曲に包まれ
君をみおくれば
片影の中に消え逝く
その寂しき小徑の暗さよ
生きよう
生きよう
と
想えども
一人して
何して生きるぞ

春の小川

枯れ葉が小舟のように揺れ
流されてゆく
どこまでの旅なのか
その先を観ることは出来ないが
水に叩かれ淵に沈むか
それとも海原を小舟のように揺れ
波と戯れ
深潭へと沈みゆくか
魂をもたない物たちの旅は
それはそれで楽しそうだ

無垢な詩人

あ――
あの赤子は詩人だ
夜明けから
真夜中まで
アーアー
ウーウ
ギャーギャー
ときおり泉のような
泪も流す

何語かは知らぬが
立派に自分を表現している

紅色の肌
柔らかくふっくらとした手
人間の無垢な手だ

無垢な
人間の叫びだ
無垢な人間の朗唱だ
アーァー
ウーウ
ギャーギャー

僕にはあんな
無垢な詩の朗唱出来ない
汚れきった人間だからね

夢の中

ぼくはきっと誰にも看取られことなく
独り死に逝くだろう
きっと
そうであることを望んでいる
無から生まれ
無に還る
生も
死も
夢の中
灰になったとき
ぼくの夢は終わる
きっと

夢　㈠

長い夢であった
波が怒涛のごとく岸辺におしよせる
鉛色の日本海は荒れていた
氷雨がときおり横殴りに吹きつけてくる
嵐の中
不思議なことに蝶が一羽
哀しげに舞っている
消えたり現れたり
やがて波音の中に消えていった
出口のない海の深淵で
舞っているにちがいない
ぼくは海を切り裂き

出口のない海の深淵へむかっていった
目覚めた海は穏やかに揺れ
海原の上には
白い雪と
白い蝶が
絡みあっていた

夢　㈡

悶悶たる夜に
夢を観る
鈍い光のなか
砂浜に投げ出され
息絶えた遺体を見つめている
頭部は白骨化し
眼窩は天空を仰ぐ
白波は輝き
眼窩におしよせる
泡沫が生まれては
消えて逝く
果てしなく繰り返される

波音の旋律
形を持ち
生まれ
形を失い
消え逝くさだめ
茫茫と白く煌めく海原の深潭に
出口のない
黄泉の領域がある

夢　㈢

今日見た景色は
昨日見た景色
鳥は昨日も今日も地上に降りてくる
天空には食べる物が無いと云っていた

あの蟲はいつも
ごそごそと叢を這っている
日陰の叢が気に入っているそうだ

ぼくは無から形を持ち生きのびてきた
とても悔しいことが
ぼくはやがて無になる

今日の夢は昨日の夢
昨日の夢は今日の夢
夢で始まり
夢で終わる

時間は存在しているが
過去がない
過去はないが
時間はすすむ
夢と
夢の狭間に
真の孤獨が潜んでいる

叢の夜想曲

紺青の宙
静寂とした壮大な宇宙が拡がる
我この地にて
蟲ごとき身なり
這いつくばり
生きているこの空しさよ
無限に続くこの宇宙
有限なる吾が命
叢で啼く蟲の寂しき音色
蒼白月の寂しげな眼差し
鈴蟲はバイオリンの弦を弾き

松蟲はピアノの鍵盤を幽かに押す
蒼白月は妖光を放し
壮大な宇宙の銀漢からは
楽器の音が幽かに鳴り響き
地上の蟲たちとのオーケストラとなり
寂しく孤獨な音色が叢に拡がる

もうすぐ
静寂な夜は終り
黎明が訪れる
賑やかな
人間達の息苦しい呼吸が
私の肺まで届く
息苦しい一日が始まる
宙を観れば
雲が浮かびその横を

ジェット旅客機が轟音を立て
斜めに飛んで行く
赤蜻蛉が
風に煽られながら秋の陽光を浴びている
道路から聴こえてくる
暴走族のバイクの音
途端で寂しく鳴くキリギリス
もうすぐ息絶え雪の中に

あの銀漢のもっと奥に
だれも知らない
私だけの安らぎの宿がある
そこは
とても静かな宿
蟲たちの眠る宿
私が眠る宿

孤　獨

孤獨は月の灯す
隻影と戯れることができる
孤獨は実によい
自身の醜さがよく分かる
孤獨は実によい
今日の月が
美しく宵を詠っていることを
感じ取ることができる
孤獨は実によい

懐かしき故郷が
私の手のひらに
降りてくることもある

老いゆくとき
孤獨を求め
孤獨を愛せ

孤獨がないと人間であることを
見失うこともある

欲　望

ぼくは何を見つめているか
分からなくなることがある
なぜ生き
なぜ死に向かって歩き進むのか
定めと云われてしまえばそうである
人間の生に対する欲望はつきることがない
七十五才になれば八十才まで生きようと想う
八十才になれば八十五才まで生きようと想う
八十五才になれば九十才まで生きようと想う
然し死は前方に行ったり
後方に行ったり来たりしている
死は人間の生への欲望など全く無視をし

人攫いのごとく突然
暗晦の淵へと連れ去る
地球上の絶対的な支配者は
神ではなく
死だ

錆びついた扉

錆びついた扉を開け
冬枯れの玻璃宙《はりそら》を見つめている
枯れた太陽は
朧な光線をなげかけていた
涸れた池からは
魚が息苦しそうに
水を求めぱくぱくと
蠢いていた
枯れた太陽は
玻璃宙の彼方から
貌を出そうとしなかった
夕闇が訪れ

涸れた池には
眼のとび出た魚の
屍が折り重なり
腐臭を漂わせていた

翌日
錆びついた扉を開け
砂浜から
鉛色の海を眺めていた
白波がうねり
砂浜に投げ出され
白い泡沫が砂の数ほど
おしよせては消えていった
海原の地平線は歪み
黒い無気味な雲が
幾重にも折り重なり

宙を覆っていた
海原の波は盛り上がり波濤となる
寄せ返す波濤の旋律は
死者の叫びとなり
砂浜を駆け巡る

翌日
錆びついた扉を開け
外灯とネオンが灯す
人間が蠢く街にいた
排気ガスを肺の中で
飴を舐めるように転がしていた
夕闇のビルの薄翳は人を掠め
幾つも消えていった
暗闇の中小路では
酔っぱらいが孤獨な悲鳴をあげていた

僕は川筋に下り
涸れた川の幽かな音を聞き
魚の息苦しい寝息を聴きながら
焼酎を飲んでいた
外灯とネオンの明かりが
鈍い闇空に反照していた
橋の上を孤獨な車が
朧な光をなげかけ
次々と通り過ぎてゆく
焼酎を喉で転がし
枯れた川筋で
死を見つめていた
神とて幾通りもあるように
死もまた幾通りもあるのか…
腐敗し死に逝く者
火葬され死に逝く者

大海原の深層の幽冥を彷徨う者
この川筋にて死屍ても
と
想えどもこの不安と恐怖が
心の中を駆け巡り
体が震え
焼酎を川に吐き出していた
わずかに喉の淵に残っていた
酸っぱい焼酎を味わった

翌日
錆びついたドアを開ける
朧な太陽の光線が
眼の奥に幽かに射し込む
一つ一つの
死の断片が輝き

朧な宙の彼方に消えていった
夕闇が迫り
沈んだ太陽の反照をうけた
宙は不気味な余燼と化し
闇夜が訪れる
私は月の燐光を観ることなく
宇宙の塵となった
錆びついた扉は
二度と開くことはなかった

投影の街

青と鉛色が混じり合った日本海
そこに栄華の港町がある
鰊　鮭の漁場として栄え
港には運河があり
煉瓦　軟石造りの倉庫群が並び
運河には漁船が並び活気に溢れ
運河に労働の糧を見つけ
誰しも希望に満ち溢れ
運河沿いを駆け巡っていた
鰊は幻となり
港の活気は次第に深い陰翳に包まれ
街は錆びつき

運河沿いを歩く老人の隻影が揺れていた

＊

腐臭が漂う運河に
投影の街がある
溝底からはメタンガスが
プップツと湧いている
腐臭は投影の街を覆う
錆びついたシャッターは閉ざされ
倉庫群の扉は閉ざされ
人々は背を丸め
ぶつぶつと意味不明の言葉をつぶやき歩く

錆びついた線路が
港から街中へと引かれている

港からの貨車は栄華の証であった
この線路に車輪が転がることはない
錆びついたレールはもうすぐ取り外される

私は上着の内ポケットからウイスキーを取り出し
一口呑みこむ
胃の中が熱湯のように燃え上がり
腐臭の臭いを消し去った
錆びついた街を酔いに任せ
ぶらぶらと歩く
同じような孤独な酔っぱらいが
ぶつぶつと呟き歩いている

鈍い夕景の太陽は
投影の街を掠め
海原の彼方に沈んでいった

薄闇の中をぶらぶらと坂道を登っていくと
山里から流れてくる小川に出会う
枯れた川の音色は孤独なものだった
大きな柳の樹の下のベンチに座り
残りのウイスキーを呑む
真向いの外灯に群がる
蜉蝣の舞いを見つめていた
蜉蝣は翅を進化させ
空中を飛んだ最初の昆虫である
次々とアスファルトに落ち
翅をバタバタと地面に叩きつけ死に逝く
亡骸が折り重なり
鈍いライトを付けた車が次々と轢いてゆく
腐臭が風に舞い
私の肺の中を駆けめぐる
朝方に孵化し

夕べに舞い
死する
あまりにも儚いゆえに
口は退化し食することなく死する
牝は川筋に戻り水面に着水し
水中に新しい生命を産み落とし死に逝く
そこには三億年続く美しいドラマがあった
深い寂寥感を懐きベンチから立ち上がり
家路へとバス停に向かう

酔っぱらいが錆びついたシャッター前で
ゲーゲーと酒と食べものを吐き出していた
夜になると酔っぱらいが
あちらこちらにいる
投影の街の片隅で働いていた
人間達が蜉蝣のように

夕闇の赤提灯に集まってくる
孤獨な酔っぱらいの叫びが
投影の街を駆けめぐる

昨日も
今日も
明日も
変わることがない
この街には
未来と云ったものが無い

線路は錆びつき
二度と銀色に輝くことはない
暗闇のビルも
さびれた中小路も
錆びついたネオンの音の中に消えて逝く

排気ガスが
肺のなかを黒鉛で埋めつくし
運河に住む魚は黒く恐ろしき顔をしている
黒鳥は車に轢かれた野良猫を夢中で貪る
空き缶が風におされカラコロと
孤獨な音を奏でる
電信柱は傾き
電線はブラブラと揺れ
孤獨な歌を唄う
老人は孤獨な背を丸め
メタンガスの出る投影の運河沿いを歩いている
下水は運河に流れ込み
重く平らな海は運河の水を入れ替えてくれない

今日も
明日も変わることはない

この街は錆びついた孤独の中にある

＊

四十年後、私は運河の橋の上から投影の街を眺めていた。幅の広い運河は一部埋め立てられ、新しい産業道路が造られ、石敷きの歩道が整備され、不似合いな外灯が並んでいた。

メタンガスの出る溝底は掘り起こされ、小魚が群れていた。観光客が溢れ、観光客目当ての店舗がずらりと並び、蠢く人間が蟻のように群がっていた。

運河の道端からは背を丸めた老人の姿を見ることは出来なかった。私は運河から離れ、栄えていた商店街の方に向かって歩いていた。

商店街は閑散としていた。シャッターは閉ざされ、錆びついていた。この通りを人々はシャッター通りと云っている。

運河は観光客で溢れ、錆びついたシャッター通りは孤独な浜風がシャッターを叩いていた。

孤独死

春

新緑の森に鳥は囀り
野花が咲き乱れる
アトリエの隅に
横臥しているおまえ
落ち込んだ目
開いた口に
小さな蟲が出入りしている

夏

画の横に
腐敗したおまえ
蛆虫が湧き
太った銀蝿が偉そうに
アトリエの中を飛んでいる

秋

樹木は彩り
冷たき氷雨が窗叩く
窗辺に横臥するおまえ
髑髏《しゃれこうべ》の眼窩は
画布を見つめている

冬

暖房の消えた冷たいアトリエ
画の横で固まっているおまえ
冷凍の秋刀魚のように
目の珠を白くし
天空を仰ぐ

多少醜いが
もう人間ではない
苦痛も
痛みも
魂もないのだ
どれもこれも見栄えはせぬが
それはそれで立派な死だ
形の無い命が

形の無い死を迎えるだけだ
一人暮しとは
そう云ったものだ

一月の孤獨

寒慄の朝
窗硝子はすり硝子のように
結晶が貼り付いている
私の吐く息は白い煙草の煙のように
室内に漂う
鳥の囀りもない
森閑とした寒慄の朝
孤獨だけがこの室内を覆っている
誰もいない
幽かな呼吸の音
幽かな死の誘い
死んでいるような錯覚

いや
生きているような錯覚
夢の中で
始まり
夢の中で終わる
生きることも
死することも
凡て夢の中
孤獨は
夢の中で
幽かに生きのびている

冬の日（雑記帳より）

朝目覚め、何時にない寒さに気付く。室内温度計を見ると氷点下二度である。

ほんの少し私のアトリエの暖房の説明をすると一階に灯油ストーブ一台、画を描いている室内は二階、ここに灯油ストーブ一台、薪ストーブ一台、計三台。灯油ストーブ一台は二十四時間、火を付けたままである。それでも氷点下二度であるから寒い朝だ。すぐ一台の灯油ストーブを付け、薪ストーブに火を付ける。一時間ほどするとようやく室内温度が八度ほどまで上がる、室温十五度になるのには昼頃までかかる。アトリエの有る地は日本海側の石狩厚田、海まで四キロほど、海が荒れているときは海鳴り、遠雷のような音がゴーゴーと聴こえてくる。波と波がぶつかり合い、岸辺によせる音である。日本海の北風は冷たく、冬は吹雪の日が多い。不思議と風の強い日の朝はそれほど冷え込まない。風の無い静かな夜から朝にかけては、冷え込む日が多い。

窗の外を観ると樹木の梢は樹霜《じゅそう》が白く花が咲いたような情景が拡がっている。

部屋が暖まる間に雪ハネをし、二階まで薪を運ぶ。少し暖まったところで制作にかかるが、一時間ほどで昼食である。冬の午前中ほとんど仕事にならない。三時頃に天気も良いので、カメラを持ち散歩にでかける。まばらに立ち並ぶ家の小径を一キロほど歩き、右側の道路を南に進むと小さな橋がある。この辺までくると家は一軒もない。この橋の下に小さな聚富川が流れ、石狩川河口に向っている。川が少し蛇行し、樹木に隠れているので観えないのだが、一キロ先には私のアトリエがある。アトリエのベランダ側に流れている川である。

この小さな川が冬になると何とも言えない白いうねりのあるエロティクな情景となる。とくに吹雪の翌日は白い雪肌のうねりが何とも云えない情景である。ほとんど鳥の姿が見えない冬は、やはり静謐な空間である。さらに南に向かい歩いていくと、右側に札幌ワインのブドウ園があり、左側は田圃があり、雪解けの春先には白鳥が白き優雅な姿を見せてくれる。天気の良い日はここから増毛連峰がみえる。美しき山脈である。とくに冬は山脈の陰翳がくっきり見え、私は好きな風景である。

何気ない田舎道であるが、自然が満ち溢れている。自然は無限に美を宿している。それらを見いだすのは個々の眼と精神の深さ、豊かさであろう。自然は美しいだけではない、想像を絶するような災害をもたらす事もある。私達人間も自然の中の一部であり物質世界に生きている人間でもある。美しき心に溢れている人もいれば、野心と欲望に満ち溢れている人もいる。

美しい情景を描こうとは思わないが、おなじ道を歩いていても、観る視線が毎日違うことに気付く。見過ごしていた野花、稲を刈った後の景色、真白な雪の陰翳、葉を失い裸になった樹木の美しさ、新雪に残る動物の足跡、雪解けから顔出す黄色い福寿草、水芭蕉、なによりも野鳥のあの賑やかな囀りは、自然そのものであり、孤獨な精神を癒やしてくれる。私の画は内面的なものであり、自然の美を描こうとするものではないが、それらを観、生への喜びを感じ、今描こうとしている画のイメージを膨らませることが出来る。

散歩を終え、アトリエでまた画の続きを描く。夕方五時も過ぎれば日は暮れてゆく。今日は紺青の宙である。冬の夜は音と云ったものが無い。鳥もいなければ、蟲もいない。ただ紺青の宙に煌く星があるだけだ。静かな〳〵夜である。

この一週間ほど人間との会話がない。なんだか人間から見放されたような気がしてくる。薪ストーブの焰を観、一人ぶつぶつと呟き、酒を呑み始める。寂しさと孤獨はいつも付きものである。生きぬいて画を描こうなどと想う日もあるが、決して死への憧憬を抱いている訳でもない。

ただ、ほんの少しの欲望と、孤獨と、死と、生を弄び、繰り返し画を描いているだけなのかも知れない。

末枯れの並木を往く（雑記帳より）

ナナカマドの並木は、寒々と葉を落とし身をほそめ佇む、その寂しき情景が目に染まる。梢にしがみつく赤く可憐な実は末枯れの鈍色の情景にほんのりと温もりを与え一際目立つ。

雪が降り積り、寒気の冬が来ても、赤々と梢にしがみついているナナカマドの実。真冬になると渡り鳥などがじつに美味しそうに食べている光景がみられる。食べ物の少ない真冬のごちそうなのである。

ふっと幼き頃に母に云われた言葉を思い出す。「武、あの赤い実を食べたら目が観えなくなるから絶対食べたら駄目だよ、武は卑しいからね、分かったかい。」そんな事を云われたことを思い出しながら、背を丸め歩いている。

然し真冬の一月頃には鳥たちが美味しそうに食べているではないか、けして目が観えなくなっている訳でもない。母はなぜそんな事を云ったのか不思議に思い、秋に恐る〳〵一粒食べてみた。苦く、とても食べられたものではなかった。鳥たちは決して秋頃の真っ赤な実は決して食べない。食べるのは真冬の一月中旬頃である。

不思議に想い、少しナナカマドの実について調べてみた。ナナカマドの実には毒性があり、苦く不味いと書いてあった。この毒性だが無くなる時期があるそうだ。それは霜が降り、実が凍結、融解をくり返すことにより少しずつ毒性がとれ、真冬の一月頃には加水分解された実は食べごろの実となるそうだ。この凍結、融解、加水分解がうまくいかない実もあるそうだ。

その実は毒素がのこり決して鳥たちは食べない。二月中旬頃にはほとんどの実は鳥たちが食べつくすのだが、不思議と赤い実が付いたままのナナカマドの樹がある。鳥たちはそれを見抜いているのだから、自然界に生きる鳥たちには脱帽である。真冬の寒気の中、鳥たちが美味しそうに食べている情景は、寒気の中に幽かな温もりを感じ、生き抜くと云った逞しい生命力を感じる。白銀の世界に赤い実はよく映えている。

老いてくると押し迫る寒気は辛きものがある。然し冬にしか体験できない、冬の無垢な美を体験できるのも冬である。

厳しい冬を乗り越えれば、懐かしき春の訪れが待っている。ナナカマドの樹には新芽が芽生え、白い花が咲き、秋には赤い実が紅葉の並木をより一層美しく彩る。赤い実は、真冬の鳥達のごちそうとなる。この樹の持つ自然の中での循環性には、私は驚くほど感心し、美しく思っている。

私はそんなナナカマドの樹がとても好きだ。一年を通して私を癒してくれるナナカマドの樹、もの言わぬこの樹が、私は人間よりも好きだ。

夕映えの散歩（雑記帳より）

夏の終わり、ナナカマドの実が色付き、葉もほんの少し紅葉してきている。ナナカマドの実が赤く色付くと北国の秋の始まりである。アトリエの叢ではキリギリスが夏の終わりを惜しむかのように鳴いている。弱々しく風におされている赤蜻蛉。夜には鈴虫が背中を擦り、悲しげな音を奏でる。

もうすぐ氷雨が降り、雪蟲が舞う。樹木の葉が土に還ろうとするとき、白い雪が降ってくる。繰り返される時の流れが実に早く感じる。

窓から射す陽光はやや赤みを増し、夕暮れの時を知らせてくれる。私は制作中の画の筆をおき、散歩に出かける。いつもカメラを持ち歩くが、何も撮らずに帰ってくるときもある。国道を横切り、乗馬クラブの馬を眺めながら、裏道を歩くと小さな聚富川の橋がある。この聚富川はアトリエのベランダ側に流れている川である。この聚富川も石狩川の河口へと流れている。さらに道なりに十五分歩くと石狩川の河川敷に辿り着く。

石狩川は北海道最大の大河である。石狩川の名前の由来は「イ・シカリ・ペツ」(アイヌ語で非常に曲がりくねった川の意味)その歴史は六千年前から始まり現在に至る。曲がりくねった川も明治以降の開拓から人間の手によりかなり真すぐな大河へと変貌してきた。

頬を爽やかに流れゆく風、雲一つなく、子供が描いたような真っ赤な太陽が燃え、幽かに揺らぐ海原の地平線に沈みこもうとしている。終焉を告げるかのように陽は日本海の地平線に沈みこむ。その速度は実に早く秒単位で沈み往くのが目視できる。

残照の宙は余燼の宙と化し、揺らぐ大河は、反照をうけ、赫赫《かくかく》と染まる。大河は母なる海へ、大海原へと進むが、大河の終点ではなく、亦そこから一つの道程が生まれてくる。嶺の一滴の水から始まり、小さな川が幾つも集まり大河となる。真水と海水が交わり、水蒸気となり、雲となり、亦この地上に雨となり降り注ぐ。

生れてくる者、死に逝く者、一滴の水のように降り注ぎ、再生されてゆくのは自然の摂理、太古から続くこの変わることない自然の織りなす情景は心奥に残る。

余燼の宙を背景に家路と向かう。河は反照をうけ赤く緩やかに流れる。河川敷に芒が風に吹かれ揺れている。まるでダンスをしているかの様に映る。私は無意識のうちにカメラのシャッターを切っていた。その歯切れの良いシャッター音は、私の魂を揺さぶるのである。カメラはその一瞬の一コマを見逃さない。夕闇の陰翳が齎す一刻の美であった。

アトリエに着くと、宙は紫色から紺青の宙へと変容し、銀漢が宙いっぱい拡がり、叢から幽かに聴こえてくる、蟲たちの奏でる夜想曲が流れていた。

春の訪れ（雑記帳より）

陽光が優しく射し込む。ベランダ側の雪もほとんどが消える頃に、長い間雪下で春の芽生えを待ちこがれていた黄色い福寿草が開花する。雪解けの鈍色の世界に黄色く咲く福寿草は心を和ませる。

いつものように散歩に出かける。今日は今年初めての自転車で出かける。風の心地よさが体に伝わってくる。白い雪を乗せた増毛連峰の山脈が、蒼空によく映えている。五分ほど進み聚富川の橋の上に立つと鳥の囀り、雪融け水の小川は潺湲と流れている。土手には枯れ草の間から薄緑の蕗の薹が覗かせている。柳の樹の梢を観ると若葉の新芽が出ている。あと二十日もすれば裸の樹木を美しい緑の若葉で蔽ってくれる事だろう。

国道を横切り南に自転車を走らす。石狩川の河川敷を左側に進んで行くとここは石狩平野の田畑が岩見沢、滝川方面へと真すぐどこまでも拡がっている。石狩平野のど真ん中を大河石狩川が蛇行しながらゆったりと流れ、壮大な石狩平野の田畑が拡がっている。

それはとても美しく、自然の豊かさと作物の豊かさを感じとることができる。その風景を横切るように高圧線の鉄塔が立ち並び、自然の風景の一部となってしまった。真冬の石狩平野も何とも云えない寂寥感を感じさせ、四季を通して感じ取ることのできる田園の情景である。

田畑を離れ左側にある小高い丘の方に向かう。ここで、ほんの少し私の乗っている自転車についての説明をしておく。電動自転車である。除雪機を新規に購入したときに、抽選で当ったものである。通勤用なのでバッテリーが大きく一回の充電で六〇キロメートル走行可能である。坂道などはとても楽である。そこでこの小高い丘を目指し、一気に昇っていくとスウェーデン・ヒルズと云った住宅地がある。丘の上にスウェーデン生まれのベニガラ色の住宅が樹木の中に立ち並ぶ情景は、まさにスウェーデンの雰囲気が漂う情景である。ここから日本海の方に方向転換し、坂を下ったり昇ったりが続く。酪農地帯を通って家路アトリエに向かう。石狩平野とは違い牛がいたり、養鶏場が有ったり、シイタケ栽培している所が有ったり、すぐ近くは日本海がある。ふっと考えてみると生きる事に必要な凡てがこの地にあることに気付く。

四季もはっきりしている。海があり、山があり、平原あり、森があり、大河が流れている。ペダルを踏みながら、この地の良さをしみじみと感じとることが出来た散歩であった。

ただ一つ気になることがある。最近やたらとソーラーパネルが増え、丘の上には数多くの風力発電の風車が目立つようになってきた。豊かさを求める文明とは、皮肉にも自然を痛みつけて生まれてくる。豊かさをとるか、自然をとるかと聞かれれば、誰しも豊かさを選ぶのであろう。それを決めるのは我々人間で、代償を負うのも我々人間である。

アトリエに着き、百号の画の続きを描く。描き始めてから一ケ月が過ぎようとしている。いま最後の仕上げの面相筆を使い描き込んでいる。きっとあと十日程もすれば完成すると想う。

さて、今日の夕食は先日友人から頂いた雪下で越冬したジャガイモを料理することにする。越冬したジャガイモは熟成し、芋とは思えぬほどの美味しさである。皮は剥かず三ミリほどに薄く切り、ニンニクを塗り、塩、コショウをかけ、オリーブオイルを引き、ゆっくりとフライパンでキツネ色まで焼き上げる。ついでに沖縄産のカボチャも同様に焼き上げる。これがワインの前菜にぴったりである。

陽が落ちてくると、とても寒くなる。薪ストーブを焚き、赤い炎を観、蒼白き月を眺め、一杯呑むのは亦格別なものがある。

うだうだと瞑想し、孤獨を弄び、眠りにつき、夢を観、黎明を迎える春である。

「陰翳の中のミクロコスモス」（尾形香三夫遺作展のことば）

練上（練込）の歴史は一三〇〇年の歴史の中で、継がれてきている。陶器は古くは日常生活の道具であった。後に材質の違い、また技巧への研鑽の中から美的な作品を想像し芸術作品へと進んでゆく。芸術の創造の源は、感情、視覚、感覚、想像力である。美的な作品を作るのには、さらに蓄積された精神と、技量、忍耐力が必要である。

尾形香三夫の練上の作品には、切り込まれたエッジが永遠の線のように取り巻かれ、エッジには陰翳が生まれてくる。光と陰翳はこの自然界になくてはならないものであり、私たちは光と陰翳の中で生活し、誰しもそれが日常のあたりまえの自然のありようとして受け止め、深く意識することなく過ごしている。しかし作家は光と陰翳を深く凝視することで、その中から美を見いだす。美はイメージとなり創造へと導く。色数を絞り込むことで、エッジに深い陰翳が生まれ、その陰翳は時間の中で、静かに移動し弱い色合いと光を発し、尾形香三夫のミクロコスモスの世界が生まれてくる。何よりも弱い色合を重視することで、和的な静謐さを漂わせ、爽やかな空気感を観る者の胸に訴えてくる。それは魅力的であり、絶え間ない美への哲学でもある。

作家は絶え間なく美の追求に挑み続け、人間の宿命である死の深潭まで追求を続ける。

尾形香三夫の作品は卓越した技量と感性から作り出され、海外、国内と高い評価を受けこれからの展開が大いに期待されていた矢先に、人間の宿命である死を向かえてしまった。生成と消滅は自然の摂理であるが、残された作品群はミクロコスモスの中で星のように煌いている。それは尾形香三夫の美への、魂の叫びでもある。

亡くなる三週間ほど前に、自宅のベッドの上で寝ている尾形香三夫と再会する。死を目の前にしている姿を、私は見つめていた。痩せきってはいたが、驚くほど冷静に語りかけてくる。悟りをひらいたのかと…ほんの少し私は安堵した。悔しく、残念に思うのは私よりも本人であったに違いない。帰り際に手を握り合った。それはとても柔らかく、暖かな温もりであった。思い遣りの有る、優しき人柄の温もりである。今でもその時の温もりが、この手の平に残っている。

誰しも終焉の停車場があり、亦そこから不可知の旅が続く。
尾形香三夫の作品は生き続け、この地球の旅を続けている。

路傍に佇む

路傍に佇む己の姿観たり
肩はおち
腰は曲がり
白髪は風に揺れ
杖を持つ姿
侘びしく
隻影がのびゆく

路傍に佇む己の姿観たり
冬枯れの木立に似たり
足元で啼く
蟲の聲

何蟲かは知らぬが
寂しいぞ
寂しいぞ

路傍に佇む己の姿観たり
月の朧な光をうけ
佇むその姿
まるで
幽霊のごとき姿なり

一つ老い
また
一つ老い
死するとき
なにを想うぞ

あなたに春の香を

浜辺は潮の香と
ハマナスの花の香で溢れています
森はアカシアの香が
風に揺られ溢れています

私の家族も
多くの友人も
花弁が散るように
散っていきました

永遠の香をこの大地に遺し
散っていきました

窗辺のアカシアの花が満開です
私はまだアカシアの花のように
風に揺られ
梢にぶら下がっています

この香をあなたへ

なにもない人間

なにもない人間が
なにかあるように
生きている

なにもない人間が
なにかあるように
人間を殺してゆく

なにもない人間が
なにかあるように
今日も亦一人生まれてくる

なにもない人間が
なにかあるように
火葬場で焼かれてゆく

なにもない人間が
海と大地を食べつくす

なにもない人間が
宙まで食べつくそうとしている

なにもない人間が
人間の死骸の山をつくり地球は傾いた

なにもない人間が
傾いた地球を歩いている

価値を失った地球よ
人間よ
さようなら
さようなら
さようなら

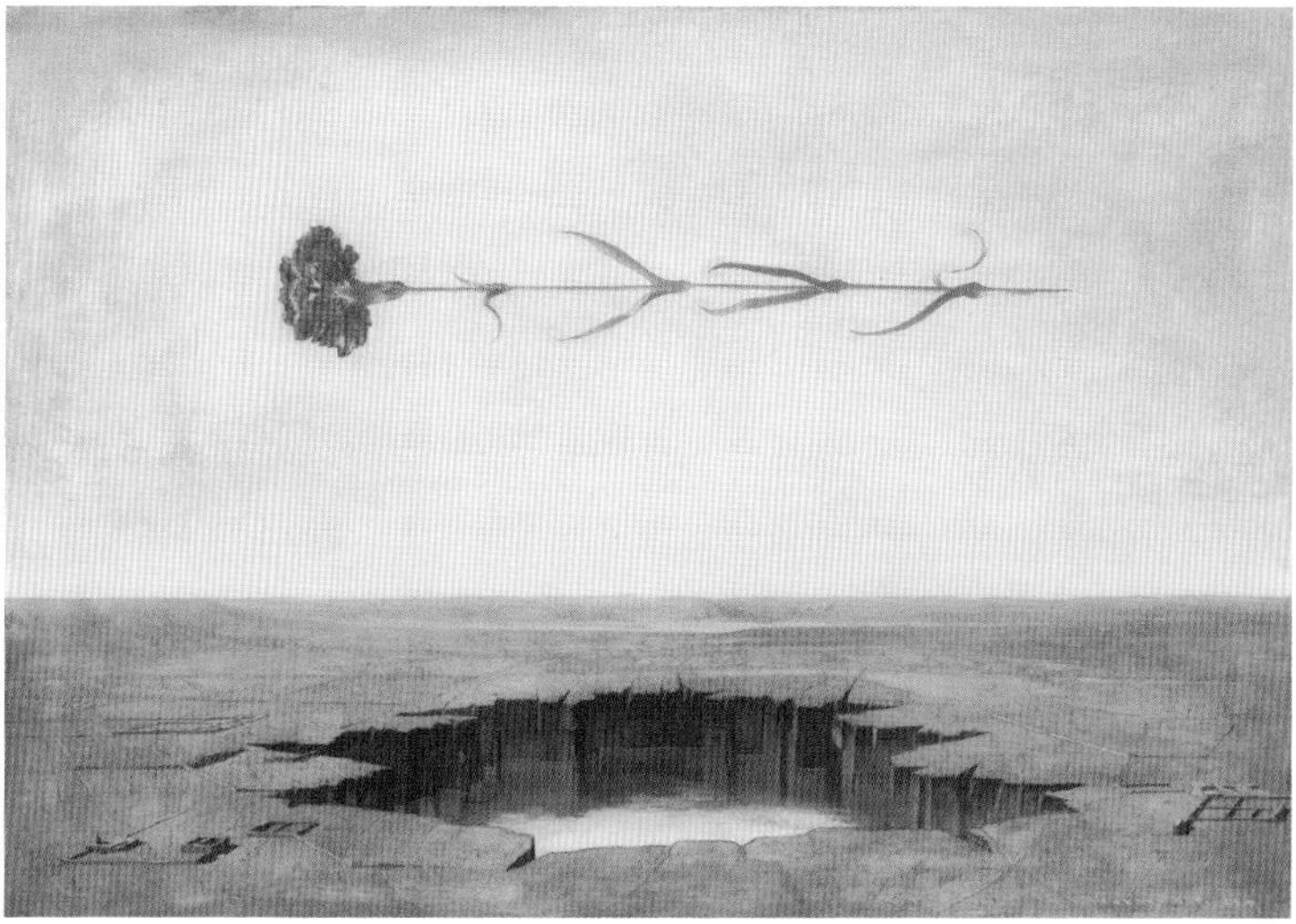

暮れゆく大地　君に捧げる

あとがき

七十五歳になると健康保険の扱いが、後期高齢者保険と位置づけられる。どうも納得がいかない、嫌いな言葉である。あまりにも年寄りを粗末にしたことばである。国がこのように私を位置づけするのは無礼千万である。

インドでは古く、紀元前二世紀ころから「四住期」と云った考え方が生まれてきた。人生を四期に分けて考えている。「学生期」（まだ一人前でなく、学び、心身の鍛錬を通して成長していく期間）、「家住期」（仕事を得て懸命に働き、結婚し、子どもを育てるために頑張る期間）、「林住期」（世俗を離れ、迷いが晴れ、自分らしく自由に人間らしく生きる期間）、「遊行期」（人生最後の場所を求め、遊ぶように何者にも囚われない人生の終盤）とある。最後の遊行期の意味するところは、現代に置き換えて云えば七十五歳から死ぬまでの人生最後の締めくくりの大事な時期、ゆっくりと死を迎える心境で生き、心ゆくまで生き、過行く日々を愛しく想い、一刻〳〵を価値ある者として生き、死を迎える心構えを成熟させる期と云った事だろう。

もう少し言葉の持つ意味の深さを考えてもらいたい。このような言葉がまかり通ることに、この国の文化の危うさを感じるものである。せめて「遊行期」保険、とでも名付けてもらいたいものである。

日本人のことば、文字は表意の漢字と表音文字のひらがな、カタカナと云った三種類の文字を使い分ける文化は他にない。後期高齢者と云い切る役人には全く困ったものである。最後の人生を全うしようといている私に、人間に失礼な言葉である。

この遊行期を迎えた私は、画を描き続け、この終わりのない画業を貫くことだろう。どれ程描いても終わりがない道程を私は、命がある限り歩き続ける。衷心から発せられるイメージは死するまで途切れる事は無い。創造の喜びを得るとき創造は生きる泉となる。

白い画布に向い一筆〳〵描き込む事は、ある意味において時間を捨て、ひたすら己の衷心と向かい合い、魂の叫びをえがこうとするものである。ときおり私は筆をおき、衷心に取り残された言葉を拾い集め、言葉としてノートに書き込む。

画も詩も不可視の中から生まれてきたイメージそのものである。

死と云ったものを直視し、それらに纏わり付く不安、孤独と云ったものがなければ美を見いだし、詩も画も生まれてこない。私は死への憧憬を抱いている訳ではない。むしろ一秒〳〵を生き抜きたいと想っている。

室内の隅を、びくびくと這う蟲のような自身に気が付くこともある。仲間を集め、酒を呑み陽気に語り、呑み明かすときもある。然し一人アトリエに籠ると、夕闇のように不安と孤独が重く襲いかかる。憂鬱な時間を過ごすのには、画を描くか、詩を書くか、眠りに付くまで酒を呑み続けるしかない。詩も画も私の心からのメセージであり、私の魂の叫びでもある。

この道程には終焉の停車場があることも知っている。それがどの辺にあるかは知らないが、遠い先ではなく間近にあるような気がする。壮大な宇宙の拡がりの中で、一つ点が消滅すだけだ。そう想うと消滅することは、さほど苦痛には想わない。

おわりに一言申し上げれば、文明は痛みを持ち、民族主義が、人間が人間を殺戮してゆくと云った所業をくり返されている。恐ろしいほどの数々の所業の映像を観るとき、この悲劇を観る人間は、その悲劇になれてしまい、迷妄《めいもう》し賛美する者まで現れてから驚きだ。人間は民族と云った集団でしか生きられないのか、集団のリーダー、権力者は己の命の儚さ、短さを知ろうとしない。「遊行期」は心穏やかに誰しも一秒〳〵を価値あるものとして全うしなければいけない。血の一滴の痛みは苦痛な苦悶な暗い闇の世界へと導く。人間であることに恥じらいを感じながら私は生きている。

地球が崩壊の淵へと向かっているとき、この死骸の重さに耐えることは実に辛く重く感じる。今日も宇宙は何事も無かったかのように、月は青白く輝き、この病んでいる地球を美しく廻り続けている。

「遊行期」に入った私に出来る事は、画を描き、言葉を書き残す事しかない。

前著『詩集　カロートの中』に続いて、今回の第二詩集「死者に接吻」も中西出版の小林繁雄さんのご努力をえて、この一冊にして頂き、末尾を借りて、あつくお礼を申し上げたい。

二〇二三年　三春

佐藤　武

佐藤武略年譜

一九四七年　北海道千歳市に生まれる。幼き頃より独学で絵を描き始める
一九八七年　第5回上野の森美術館油絵大賞展・特別優秀賞受賞
一九八八年　北海道の美術「イメージ動展」北海道立近代美術館賞受賞
一九九一年　札幌時計台文化会館美術大賞展・国松登賞受賞
　　　　　　第6回東京セントラル美術館油絵大賞展・佳作賞受賞
二〇〇五年　第11回青木繁記念大賞展・優秀賞受賞
二〇〇五・二〇二三年　紺綬褒章受章
二〇二〇年　第23回日本自費出版文化賞・詩歌部門賞受賞
二〇二一年　札幌美術展「佐藤武」札幌芸術の森美術館
二〇二二年　北海道文化賞受賞
二〇二二年　札幌芸術賞受賞

出版

一九七四年　詩画集「架空の人物」銅版画　佐藤武・詩　絲りつ
一九八六年　詩画集「回想」銅版画　佐藤武・詩　小田節子
一九八七年　佐藤武作品集
二〇一三年　佐藤武画集
二〇一六年　エッセイ「時空を駆ける青春」
二〇一八年　写真集「幽邃の鳥沼」
二〇一九年　詩集「カロートの中」
二〇二一年　「蕭条」ことばと写真
　　　　　　札幌美術展「佐藤武」札幌芸術の森美術館　図録

詩集　死者に接吻

二〇二三年七月二十日発行

著　者　佐藤　武
発行人　林下　英二
発行所　中西出版株式会社
〒〇〇七－〇八二三
札幌市東区東雁来三条一丁目一－三十四
ＴＥＬ〇一一－七八五－〇七三七
装　幀　笠井真紀子（中西印刷株式会社）
印　刷　中西印刷株式会社
製　本　石田製本株式会社